DIALOGUE

ENTRE

LUI ET MOI

SUR

LE DITHYRAMBE

COURONNÉ A L'ACADÉMIE.

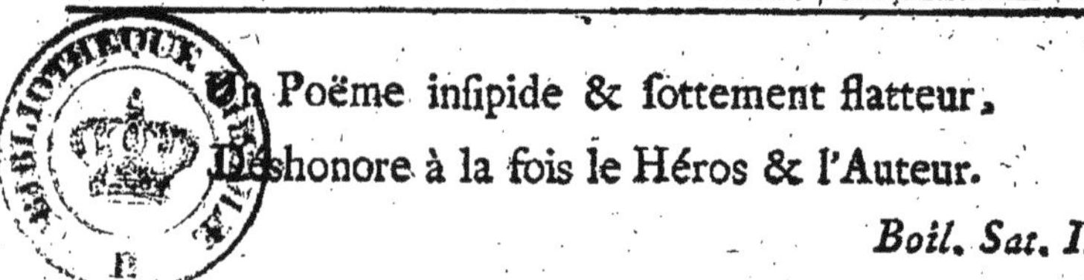

Un Poëme inſipide & ſottement flatteur,
Déshonore à la fois le Héros & l'Auteur.

Boil. Sat. IX.

La Scène ſe paſſe dans la cour du Louvre.

1779.

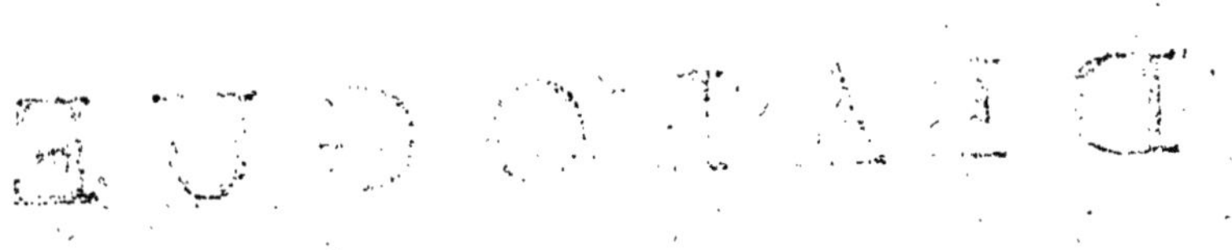

DIALOGUE

ENTRE

LUI ET MOI.

LUI.

MAUVAIS! déteſtable!

MOI.

Miraculeux! ſublime!

LUI.

Ah! ſi j'avais pu fendre la preſſe, je ne ſerais pas reſté un quart-d'heure dans ce lycée ennuyeux. Que l'aſſemblée m'a paru frivole & partiale! quelle bouffiſſure! quelle ſéchereſſe!

quelle obſcurité dans les vers ! quel ridicule dans les applaudiſſemens !

MOI.

Ah ! j'aurais voulu prolonger la ſéance juſqu'au coucher du fils de Latone. Qu'elle était brillante & ingénieuſe ! avec quelle volupté je promenais mes regards éblouis ſur ces groupes divers de femmes érudites & vraîment connaiſſeuſes ! que de beautés nouvelles répandues dans le Poëme couronné ! qu'il eſt doux de voir les Muſes applaudies des mains des Graces !

LUI.

Encore un pas de plus, & nous retombons dans la barbarie des premiers ſiècles.

MOI.

Ils ont diſparu ces jours de ténèbres, où la Nation n'avoit pas encore reçu du Ciel le don précieux de connaître, de ſentir ces nuances philoſophiques, & trop long-tems négligées qui ſeront, dans tous les âges, le véritable charme de la poéſie.

LUI.

Vous m'étourdiſſés : portés plus loin votre enthouſiaſme riſible.

MOI.

Que je m'éloigne ! non, c'eſt ici le champ d'honneur, j'y reſte. Pourquoi voulés-vous enchaîner mon enthouſiaſme ?

LUI.

Vous êtes vendu à l'Auteur.

MOI.

L'Auteur eſt inconnu.

LUI.

L'Auteur inconnu ? ne ſait-on pas que c'eſt ?....

MOI.

Qu'importe ſon nom ? Il a obtenu le prix : il n'appartient pas à des yeux profanes de pénétrer dans les myſtères académiques.

LUI.

Mais ces Arbitres lumineux du Parnaſſe déshonorent leurs ſuffrages, & le vainqueur qu'ils couronnent.

MOI.

Nous avons un dithyrambe.

LUI.

Il eſt pitoyable ; il eſt mauvais dans toute la force du mot.

MOI.

Nous avons un dithyrambe.

LUI.

Qu'a-t-il donc de merveilleux? Cités.

MOI.

Oui : vous allez rougir de vous-même.

Il s'avance, (Voltaire) *à ſon front les lauriers vont s'offrir :*
Tous, vous vous diſputés le droit de *l'en couvrir.*
Jouiſſés, il jouit. Sa vieilleſſe attendrie
Renaît pour reſpirer l'encens de la Patrie.

Les lauriers vont s'offrir à ſon front! le droit de *l'en couvrir!* ne diſtingués-vous pas déjà la main du maître? Sentés-vous bien ſur-tout l'harmonie de ce charmant *en? jouiſſés, il jouit.* La préciſion, la fineſſe de cet hémiſtiche peut-elle échapper à l'homme de goût? N'eſt-ce donc rien auſſi que la *vieilleſſe* qui *renaît?* Faites attention aux cinq vers qui ſuivent.

Vos cris ont retenti dans ſon cœur conſolé :
Vous avés vu ſes pleurs, & vos pleurs ont coulé :
Du génie & du temps l'ouvrage ſe conſomme :
Tous les cœurs ſont heureux des honneurs d'un grand-homme :
De vos vœux réunis il reçoit les tributs.

Entendés-vous la chûte mélodieuſe de ces

vers? comme ils tombent, un à un, à petit bruit, d'une manière sentencieuse & uniforme!

Il n'est plus! prends ton vol *agile* renommée!
Aux bouts de la terre alarmée
Porte de tes cent voix le plus lugubre accent :
Annonce un jour de deuil *à tout être qui pense.*
Que . . . .
Les beaux arts orphelins, l'humanité plaintive
Lui *consacrent* de *longs* adieux.

Agile renommée! *Agile!* que cette épithète est heureusement choisie? *Porte de tes cent voix le plus lugubre accent.* Ce vers n'a-t-il pas une douceur pénétrante? *Consacrer des adieux, de longs* adieux? n'êtes-vous pas tout stupéfait de cette nouveauté d'expression?

Aux champs de Port-Royal Racine enseveli,
A d'un *nouveau murmure* attristé cette enceinte,
Aujourd'hui désolée, & *qui jadis fut sainte.*
Du Capitole antique où le Tasse *erre en vain :*
Les rochers ont gémi, *frappés d'un cri soudain*....
Le laurier *renaissant*, à Virgile *fidèle*...
Trois fois sous la *noirceur* des voûtes sépulcrales
Une voix *a redit* dans ce morne séjour :
Le Chantre de Henri *vient de perdre le jour.*

LUI.

Eh! morbleu. Faites-moi grace de votre prose rimée. Que signifie d'ailleurs cette enceinte attristée d'un *nouveau murmure*, & *qui jadis fut sainte?*

Quelle dureté dans cet hémistiche, où *le Tasse erre en vain ?* Qu'entendés-vous par le *Tasse qui erre en vain sur les rochers du Capitole* ? que veut dire un laurier *renaissant*, *fidèle* à Virgile ?

MOI.

Oh ! que je vous plains de n'être pas ému de la sublimité de ces vers ! concevés-vous du moins la *noirceur* des voûtes sépulcrales ? Des Poètes vulgaires ont déja dit la nuit, l'horreur des tombeaux : mais la *noirceur* des voûtes sépulcrales ! c'est-là une hardiesse absolument neuve. Ne vous représentés-vous pas ces voûtes *noircies*, pour ainsi dire, par la fumée ? voilà ce qui s'appelle saisir le mot propre, le mot pittoresque, *ut pictura, poësis.*

A la suite de cette tirade, admirés ce vers isolé qui ouvre une strophe pindarique. *O Roi ! l'honneur de la nature !* & puis cette transition brusque & inattendue.

Oh ! qu'il dut chérir ses succès,
Quand sa main jeune, & *déjà sûre*,
Offrit ton image aux Français.
. . . .
Et ton nom . . . .
Quand il fut chanté par Voltaire,
En devint encor plus sacré.

Sa main déjà sûre : ton nom en devint encor plus

ſacré. Croyés-vous qu'il ſoit permis à tout le monde de rimer avec cette facilité onctueuſe & *entraînante* ? Voulés-vous du Rouſſeau ?

Là, d'une ſublime magie
Développant tous les ſecrets,
De la *poétique énergie*
Il *ſait* animer ſes portraits.
Je vois Charles, docile au crime;
Médicis, ſavante à tromper;
Mornay, dans les combats tranquille,
Coligny, *la tête immobile....*
C'eſt-là que ſa douleur profonde
Pleurant les maux qu'on nous a faits,
Dénonce aux arbitres du monde
Le fanatiſme & ſes forfaits.
Du Tibre & des bords de la Grèce
Qui ſe partageoient ſa faveur,
Vers nous cette fière Déeſſe
Tourna ſon vol *conſolateur.*
France! une Muſe *ſi hautaine*
Vint chés les Nymphes de la Seine
Pour entendre un de ſes ſoutiens;
Et dans leur demeure accueillie,
Couvrit leur urne énorgueillie
D'un laurier qui manquoit aux tiens.

J'eſpère que vous avouerés qu'il y a de la verve dans ce morceau.

LUI.

De la verve! dites de l'entortillage, des mots vuides, de l'aridité. Si l'Auteur avait eu de la verve, il aurait peint la ſituation de Coligny d'une touche large & pathétique. Il aurait reproduit à nos yeux le tableau de la Ligue avec des couleurs mâles, & ſans reléguer sèchement les noms de Charles, de Médicis, de Mornay dans une ſtrophe glacée.

MOI.

Mais obſervés que c'eſt ici de la poéſie lyrique : que l'Auteur a voulu ſeulement donner à ce paſſage la teinte de l'Ode.

LUI.

Eh! c'eſt préciſément parce qu'il a prétendu s'élever à la hauteur de l'Ode, que je ne lui pardonne pas d'avoir un ſtyle flaſque, décharné & dépourvu de chaleur. L'Ode exige de la nobleſſe, de l'enthouſiaſme, de la profondeur, des images.....

MOI.

Des images ? je vous attendais là, & voici de quoi vous confondre. Remarqués avec quel art l'Auteur qui ſe trouve conduit aux portes d'un Temple, fait la deſcription des objets qui s'offrent à ſa vue.

Deux *ſpectres* ſont debout ſur ce lugubre ſeuil :
L'un, la tête inclinée, enveloppé de deuil,

Exprimant sur son front ses touchantes alarmes,
Semble aimer sa douleur, *& se plaire à ses larmes;*
Sa poitrine élevée est pleine de sanglots.

Devinés quel est ce spectre. La *Pitié*, oui, la *Pitié.* Vous ne comptiés pas sans doute la rencontrer sous la forme d'un spectre; mais c'est ainsi qu'un Peintre habile surprend & force à l'admiration. Voyés-la *exprimant sur son front ses allarmes, & se plaire à ses larmes.* Voyés *sa poitrine élevée & pleine de sanglots.* Comme cela est touchant! comme cela fait image!

L'autre (spectre) a le regard fixe & *la bouche entr'ouverte:*
L'image du péril à ses yeux semble offerte:
Ses cheveux hérissés, sa sinistre pâleur,
Tous ses traits altérés me montrent....

Devinés.... encore embarrassé? eh bien! c'est la *terreur.* N'êtes-vous pas saisi, effrayé? ne restés-vous pas *la bouche entr'ouverte?*

L U I.

Quoi! voilà sous quel aspect le Poète a prétendu nous montrer les deux grands ressorts de la Tragédie! quelle couleur terne! quelle foiblesse de pinceau & de style! comme tout cela est froid & inanimé!

MOI.

Ou vous ne vous y connaiſſés pas, ou c'eſt le comble de l'injuſtice.

LUI.

Non, je ne ſuis pas injuſte, & quelle que ſoit l'humeur qui me commande avec raiſon, j'avouerai que j'ai goûté du plaiſir à l'endroit, où Melpomène fait aſſeoir près d'elle les fameux Tragiques de la Grèce & de la France. Cette galerie pouvait être préſentée d'une manière plus intéreſſante; mais elle m'a plu même avec ſes défauts.

MOI.

Et que dites-vous des ſtrophes où l'Auteur paſſe en revue toutes les Tragédies de ſon héros? avés-vous remarqué comme il unit l'adreſſe à la vigueur, le feu de la poéſie à l'agrément des penſées?

LUI.

Ne m'en parlés pas. Je trouve cette énumération d'une médiocrité inſoutenable. Si l'Auteur avait conſulté ſes forces, elles l'auraient averti que ſa Muſe paralytique eſt deſtinée à ne pouvoir jamais prendre le ton de l'Ode.

MOI.

Hé bien! je veux vous convaincre, les preuves à la main, que c'est le Dieu du Pinde qui inspire le moderne *Dithyrambiste* dont vous osés déprimer les talens.

Soudain conduit par Melpomène
Sous des lambris religieux,
Qui des richesses de la scène
Gardent le dépôt précieux;
Des tableaux qu'elle nous présente,
Il (Voltaire) voit une suite imposante
Que reproduit un art divin;
Et *nouvel hôte* de ce Temple....

Que reproduit un art divin! Cette fin de période ne vous semble-t-elle pas claire? & le *nouvel hôte* du Temple? le mot d'*hôte*, en cette occasion, n'a-t-il pas quelque chose de noble & de brillant?

Ici, ce Consul vénérable,
Dans sa cruelle fermeté
Verse le sang d'un fils coupable
Sur l'autel de la liberté.

Ne reconnaissés-vous pas, à cette peinture enflammée, le plus ardent défenseur de la liberté Romaine? comme l'Auteur a exprimé, en quatre vers, tout le pathétique de la Tragédie de Brutus!

Gusman, *que l'Amérique abhorre,*
Tombant sous les coups de Zamore,
Pardonne à son fier ennemi.
Vendôme, *qu'un remords éclaire,*
Pleure, & *tend les bras à son frère,*
Qu'il reçoit des mains d'un ami.
Là, de son épouse fidelle
Déplorable & dernier appui,
Zamti, *tremble en levant sur elle*
Le fer qu'il ne craint pas pour lui.
César, qu'environne le glaive,
Combat encor & se soulève,
Voit Brutus, & *cède à son sort.*
Plus loin, l'amant d'Aménaïde
La sauve, en la croyant perfide ...

N'êtes-vous pas transporté par la magie du Poète sur la scène sanglante, où Brutus enfonce le couteau dans le sein de César, son père? n'êtes-vous pas témoin des coups qu'on lui porte de toutes parts, des efforts qu'il fait pour se défendre? ne le voyés-vous pas résister un moment avec courage, & mourir ensuite comme un agneau? *il cède à son sort.* Pourriés-vous ne pas vous intéresser au malheureux Tancrède qui *sauve* Aménaïde, *en la croyant perfide?* La situation de Zamti n'est-elle pas rendue avec énergie? celle de Gusman ne vous fait-elle pas pitié?

Le Ciel tonne : l'éclair rapide
Sur lui (Ninias) *jettant un jour livide,*

De ſon front montre la pâleur.
Il n'apprend qu'au bruit du tonnerre
Quel eſt ſon crime & ſon malheur.
La nature s'indigne & *crie :*
Un monſtre a trompé ſa furie :
D'un père il (Séïde) *a percé le ſein.*
Ce père qui meurt ſa victime,
Embraſſe encor ſon aſſaſſin.

N'eſt-ce pas là de la poéſie, & de la plus lyrique ? l'Auteur ne vous paraît-il pas entraîné par la matière, dominé par ſon génie ? n'êtes-vous pas frappé des élans, du feu, des mouvemens rapides de ces différentes ſtrophes ? c'eſt Pindare planant dans les nues ſur les aîles de l'aigle. Voulés-vous friſſonner de la ſituation horrible d'une mère prête à égorger ſon fils ? écoutés ce que le Triomphateur du Lycée dit de Mérope. Voulés-vous voir un Amant tendre & furieux, égaré par les ſoupçons, trompé par les apparences, plonger un poignard homicide dans le cœur de ſa maîtreſſe ? jettés les yeux ſur le tableau déchirant que le Peintre a tracé des malheurs d'Oroſmane.

L U I.

Laiſſés-moi, je n'écoute plus rien. C'eſt aſſés qu'un des Membres de ce docte Aréopage liſant, ou plutôt ſcandant chaque vers avec une complaiſance ſemi-paternelle, m'ait réduit au ſupplice d'entendre la Pièce juſqu'au bout.

M O I.

Téméraire ! vous ne méritiés pas l'honneur d'être conduit *ſous ces lambris religieux* : vous ne méritiés pas de reſpirer le même air que ces Pontifes ſacrés du Temple, ſur qui tous les Ordres de l'Etat aſſemblés n'oſaient qu'à peine lever un œil reſpectueux. Avec quel transport cette liſte éloquente des chef-d'œuvres *du grand-homme* a été généralement accueillie ! & quelle impreſſion n'a pas fait ſur les eſprits ce vers remarquable !

> Et le Temple, à grand bruit, *eſt ſur lui* refermé.

C'eſt-à-dire, en forme de proverbe : *après lui, tirés l'échelle.* Regardés le Vainqueur académique s'aſſeoir avec Newton ſur le char du Soleil pour contempler à l'aiſe *la nature éternelle.*

> En trompant ſa recherche, *elle l'irrite encor :*
> *Dans ſes plus purs rayons* obſerve la lumière,
> Pèſe cet univers *dans l'eſpace emporté.*
> Rival & confident de la Divinité,
> *Le monde qu'elle a fait*, c'eſt lui qui le meſure.

Elle l'irrite encor : dans ſes plus purs rayons : le monde qu'elle a fait. Ce ne ſont pas là des hémiſtiches d'Ecolier, des hémiſtiches durs, ni proſaïques, & vous conviendrés que, ſemblable à l'univers, le ſublime de cette magnifique tirade eſt auſſi *dans l'eſpace emporté.*

Juſqu'où de ſes travaux (de Voltaire) *ne s'étend point la trace?*
Quels nombreux monumens! *& que d'objets embraſſe*
De ſes efforts hardis l'infatigable ardeur ?

N'admirés-vous pas dans ces deux premiers vers la touche d'un Poète exercé, & nourri, dès le berceau, du miel des Neuf-Sœurs ?

L U I.

Je n'ai admiré juſqu'ici que des idées vulgaires, des cadres miſérables. Parlés-moi du moment où Voltaire eſt peint interrogeant les faſtes de l'univers, plaidant la cauſe de l'humanité, pourſuivant l'abus des loix, & je vous écouterai; mais n'allés pas bleſſer mon oreille des trivialités qui ſont enchâſſées dans ce couplet.

Voltaire étale encor des ſpectacles plus vaſtes.
Les préjugés cruels, *long-tems dominateurs.*
Au-deſſus de leur trône, il montre aux Potentats
Cet heureux fondement de la morale auguſte,
Et Dieu, qui dans leurs cœurs vainement combattu,
Par la voix des remords *a prouvé la vertu.*

Supprimés, retranchés toutes ces phraſes traînantes & décolorées. Je n'aime pas qu'on me donne de la proſe pour des vers.

MOI.

De la prose ! à ce blasphême, je crois entendre les mânes de tous les Poètes célèbres *attrister le sacré vallon d'un nouveau murmure.* Et que faut-il donc pour contenter votre goût difficile ? dirés-vous encore que c'est ici de la prose ?

Des fleurs de son génie *il leur porte l'offrande :*
Elles *en* ont formé *leur plus belle guirlande :*
Ses seuls délassemens le rendroient immortel.

Voyés ensuite comme l'Auteur s'arrête, en style imitatif, sur les graces des poésies légères de son héros.

Du plus riant badinage
Il respire la gaîté,
Mêle avec facilité
Au poètique langage
La flatteuse urbanité.
Sa Muse, vive & légère,
Prend tous les tons à son choix,
Du goût sait dicter les loix,
Et jouer avec les Rois ;
Mais cet art n'est point frivole,
Les jeux ouvrent *son Ecole*
Dont ils écartent l'ennui.
Elle (la Sagesse) *relit pour leçon*
Ces Ecrits où la saillie
Egaya l'instruction.

Ne vous imaginés-vous pas entendre les sons enchanteurs

enchanteurs du luth d'Anacréon? c'eſt le pinceau moëlleux & délicat de Chaulieu; c'eſt le joyeux vieillard de Ferney lui-même badinant avec les graces!

Du Théâtre à la Cour, & du Pinde à Cythère,
Signalant chaque pas de ſa longue carrière,
Il a *donc* des beaux arts *connu* tous les ſentiers.
Et quel cadre aſſez grand pourrait à notre vue
Offrir de cet eſprit l'étonnante étendue?
Tels ſont (de ſes talens dans mes vers retracés,
Cette image *du moins joint* les traits diſperſés)
Tels ſont ces monts fameux....

LUI.

De la proſe, encore une fois, de la proſe. L'univerſalité des talens de Voltaire comparée à ces monts fameux qui joignent l'une & l'autre Amérique, laiſſait appercevoir dans le lointain une image noble & impoſante. Déjà j'applaudiſſais au Poète d'une comparaiſon auſſi heureuſe; mais bientôt déſabuſé de mon eſpérance, à la place de la pompe, de la juſteſſe, & de la clarté des idées, je n'ai vu que du clinquant, de l'obſcurité, de l'enflure, & des rapprochemens ſans effet.

MOI.

Et blâmerés-vous encore l'endroit qui ſuit la ſuperbe comparaiſon que vous dégradés?

Du moins, ſi les neuf-Sœurs, *arbitres de ſa vie,*
Avaient dans leurs travaux renfermé ſon génie;
Si leurs ſeules faveurs avaient fait ſes deſtins!
Mais non : . . . .
Rien ne fut étranger à ſa vaſte penſée.

Du moins! que ce *du moins* forme une liaiſon agréable! ſi les neuf-Sœurs *avaient renfermé ſon génie dans leurs travaux.* Auriés-vous le front de trouver cette tournure de phraſe meſquine & alambiquée? & ce *mais non*, n'a-t-il pas auſſi ſon mérite? ne ſeriés-vous pas tenté de prier l'*Immortelle* de faire aſſeoir le Poète ſur ſon *trône éclatant* pour le récompenſer des efforts hardis de ſa verve? voyés Calas qui ſur l'échaffaud,

Meurt, *appellant en vain le Dieu des innocens.*

Le Dieu des innocens!

Mais *il exiſte un homme attentif au malheur.*
Déjà la ſuprême puiſſance
Exerçant ſes plus heureux droits . . .

LUI.

C'en eſt trop; briſons cette converſation déjà trop longue. Qu'ai-je beſoin d'entendre défigurer ainſi le langage des Dieux?

MOI.

Sans doute le langage des Dieux : mais paré de tous ſes ornemens.

Formant un même cri, mille voix se répondent....
Muse, *qui m'as conduit, où m'as-tu transporté?....*
.................Oui, c'est toi, Melpomène,
Tes soutiens les plus chers que toi-même a choisis...
Je suis, depuis long-tems, heureux par leurs ouvrages....

En faut-il davantage pour vaincre votre opiniâtreté? où m'as-tu *transporté*, Muse, *en me conduisant?* peut-on rien concevoir de plus beau, de plus exact que cette pensée? que de vers charmans n'aurais-je pas encore à citer? mais il est trop juste de laisser quelqu'aliment à l'éloge des Journalistes: ils sauront venger l'Auteur de vos mépris insultans.

LUI.

Que Paris va s'égayer! que d'Epigrammes vont pleuvoir!

MOI.

Vous êtes anti-Voltairien.

LUI.

Je suis équitable, & n'embrasse aucune secte.

MOI.

Si vous êtes équitable, louez donc le Dithyrambe.

LUI.

Je cesserais de l'être, si j'avais cette lâche condescendance.

MOI.

La jalousie vous suffoque. Les honneurs glorieux que la France décerne *au grand homme* qu'elle a perdu, aigrit votre bile, enflamme votre dépit, & verse dans votre cœur envieux le poison de la rage.

LUI.

J'écoute avec commisération ce reproche plus risible qu'injurieux. Quel homme éclairé pourrait être avare de son encens pour ce phénomène littéraire ? quel Français n'est pas empressé de lui vouer son admiration, tout en déplorant ses erreurs ? s'il pouvait devenir petit aux yeux de la postérité, ce serait dans les éloges outrés & extravagans de ses mal-adroits Panégyristes.

MOI.

Vous avés beau déguiser, vous êtes anti-Voltairien ; mais enfin, loués le Dithyrambe, je vous pardonne vos opinions, & nous serons amis.

LUI.

Que je loue le Dithyrambe ! non. Je ne changerai pas de langage, & j'ai pour garant de mon sentiment l'Encyclopédie elle-même. Écoutés l'extrait de son jugement sur ce genre de poésie.

» Le Dithyrambe exige que les métaphores
» soient tirées de loin, dures, compliquées;
» des renversemens de construction fréquens &
» embarrassés; un désordre de pensées alambi-
» quées, guindées, qui étourdissent l'auditeur,
» sans qu'il connaisse rien à ce qu'il vient d'en-
» tendre; une versification affranchie des règles.
» Tous ces caractères réunis prouvent que le
» Dithyrambe n'est *qu'un vrai galimathias* «.

MOI.

Et cet article odieux est imprimé! ô comble de l'outrage! je cours, à l'instant, consulter l'Encyclopédie, & je déchire la feuille. Adieu. A l'année prochaine rendés-vous au Louvre.

LUI.

Où je promets de ne pas venir. J'ai trop souffert pour m'exposer à une nouvelle torture.

FIN.

LETTRE
DE
M. L'ABBÉ SABATIER,
DE CASTRES,
A UN JOURNALISTE.

LETTRE

DE

M. L'ABBÉ SABATIER,

DE CASTRES,

A UN JOURNALISTE.

Versailles, 26 Février 1779.

Je vous prie, Monsieur, de m'accorder une place dans votre Journal, pour réclamer contre les faits & les pieces citées dans une brochure qu'on vient de publier. Elle a pour titre *Problême Littéraire*, & pour but, de prouver que les meilleurs morceaux des *Trois Siecles* sont de la façon d'un Vicaire de Paroisse, nommé *Martin*, mort il y a environ deux ans, avec lequel j'ai été long-tems lié de l'amitié la plus étroite.

Ce n'est pas, Monsieur, que je sois jaloux de mes productions. L'utilité publique étant le seul prix que j'y attache, je dois peu m'inquiéter des efforts que font mes ennemis, pour me ravir le foible mérite qu'elles annoncent. Mais puiſqu'ils m'ont forcé, par leurs calomnies, de me déclarer pour être *le ſeul Auteur des Trois ſiecles*, je crois devoir réfuter les imputations qui tendent à perſuader que j'ai eu des co-opérateurs. C'eſt ce que j'ai fait dans une nouvelle Édition de cet Ouvrage, qui paroîtra dans moins de ſix ſemaines, & qui auroit déjà paru, ſi l'impreſſion n'en avoit été ſuſpendue pour des raiſons étrangéres à mon travail.

En attendant que cette nouvelle édition ſoit publique, je vais tranſcrire ici une *Note* du DISCOURS PRÉLIMINAIRE, capable ſeule de ramener à la juſtice & à la vérité les eſprits que l'Auteur du prétendu *Problême* auroit pu tromper.

* « Il n'eſt pas inutile de remarquer qu'un autre „ Abbé, qui ſe pique auſſi de Religion, (je ne le „ nommerai point, pour ne pas lui nuire dans la place „ de confiance qu'il occupe), me pourſuit depuis trois „ ou quatre ans, avec une haine & un acharnement „ d'autant plus inconcevables, que je ne lui ai donné „ aucun ſujet de ſe plaindre de moi : il n'eſt queſtion „ de lui dans aucun de mes Ouvrages; je ne le connois „ même point, & je puis aſſurer que je n'ai entendu „ prononcer ſon nom, qu'à l'occaſion de ſon monſ- „ trueux déchaînement.

„ Il veut à toute force m'enlever le peu de mérite „ que les *Trois Siecles* ſuppoſent, & ne me laiſſer que „ les haines qu'ils m'ont attirées. Rien de ſi comique, „ m'a-t-on dit, que de le voir ſe démener dans les

» sociétés, pour prouver que, si M. l'Abbé *Martin*, » mort il y a environ dix-huit mois (1), n'est pas » l'Auteur des *Trois Siecles*, il l'est au moins des » meilleurs morceaux de cet Ouvrage, ainsi qu'il l'a » donné lui-même à entendre à plusieurs Habitués » de Paroisse.

» Il ignore donc, ce charitable Ministre du Dieu de » paix, que trois ans avant la mort de ce Vicaire, j'ai » *déclaré* que personne n'avoit eu part à mon travail, » & défié tout Littérateur *d'oser avancer* qu'il m'eût » fourni par écrit la moindre observation dont j'aie fait » usage. On ne dira pas que ce défi, contre lequel » M. l'Abbé *Martin* ni aucune autre personne n'a ré- » clamé, ait été fait secrétement ; il a été publié, en » 1773, dans le *Mercure de France*, dans le *Journal* » *des Beaux-Arts*, dans les *Annonces & Affiches pour* » *la Province*, & dans plusieurs autres Feuilles » périodiques.

» Au reste, la prudence veut que j'instruise le » Public d'un autre genre de persécution que ce même » personnage m'a fait éprouver ; car sa haine semble » avoir pris pour devise la maxime de César : *Nil* » *actum reputans, si quid superesset agendum*. Après » la mort de M. l'Abbé *Martin*, il a détourné la sœur » de cet Abbé, son unique héritiere, de me rendre » un manuscrit de ma composition, que j'avois confié

(1) Il y a près d'un an que cette *Note* est faite, & près de trois mois qu'elle est imprimée.

» à son frere, écrit en entier de ma main, & dont je
» lui ai montré les feuilles originales que je conserve
» encore. On m'a assuré que ce Manuscrit est à présent
» entre les mains de cet honnête homme, & que j'ai à
» craindre qu'il ne le fasse imprimer sous le nom de
» mon ancien Ami, pour fortifier la calomnie d'une
» apparence d'autorité. Cette ruse que les Philosophes
» les plus exercés à la vengeance, rougiroient peut-
» être d'employer, seroit cependant bien grossiere &
» serviroit peu sa malignité, puisque le Manuscrit
dont il s'agit ne contient que la moitié d'un Ouvrage
» auquel tous mes Amis m'ont vu travailler, & dont
» l'autre moitié est uniquement dans mon porte-
» feuille. Cet Ouvrage est divisé en Lettres, adressées
» à un Seigneur étranger : ledit Manuscrit est la
» copie des vingt-trois premieres qui roulent en
» grande partie sur des objets qui me sont personnels;
» j'y réfute en détail les Brochures qui ont paru
» contre mon Ouvrage ou plutôt contre moi, & j'y
» parle en mon nom & toujours à la premiere per-
» sonne, comme on peut en juger par les morceaux
» que j'en rapporte dans les articles *Helvétius*, &c.
« ainsi, il seroit impossible que le Public fût la dupe
» d'un pareil manége. Le but principal de ces Lettres
» est la critique des Écrits de nos prétendus Philo-
» sophes, & la réfutation raisonnée de leurs systêmes
» les plus dangereux. J'avois mis au net les vingt-
» trois premieres pour les faire lire à mes Amis; &,
» d'après leurs observations, il n'entroit plus dans

» mes vues de les rendre publiques sous la forme (1) » qu'elles ont. Mon projet étoit de les refondre, d'en » supprimer tout ce qui m'est personnel, d'en faire » un Ouvrage moitié Littéraire & moitié Moral, » que j'aurois tâché de rendre également utile aux » Gens de Lettres & aux Gens du Monde. Si je n'ai » pas exécuté ce projet, c'est que les persécutions de » mes ennemis m'ont forcé de me rejetter sur des » travaux plus avantageux pour moi de toute ma- » niere ».

Ceux qui auront lu le prétendu *Problême Littéraire*, conclûront sans doute, que le personnage dont il est question dans ma *Note*, est l'Auteur de cette production ténébreuse : il n'en est que le complice ; car il s'est contenté d'en fournir les matériaux. Quoiqu'il ait choisi pour les rédiger un Littérateur, dont la plume est aussi peu propre à accréditer le mensonge qu'à faire goûter la vérité ; je crois devoir cependant m'inscrire en faux & contre les faits allégués dans le Libelle & contre la plupart des Lettres qu'on y rapporte.

Si ma réclamation n'est pas fondée ; si le Libelliste

(1) Je change d'avis, me croyant obligé d'en publier du moins une douzaine, pour mettre les honnêtes gens, les seuls dont j'ambitionne le suffrage, en état de juger si l'Abbé *Martin* peut les avoir faites, lui qui me détourna plus que tout autre de les publier. On les trouvera à la fin du quatrieme Volume de la nouvelle Édition des *Trois Siecles*.

eſt de bonne-foi, comme il le prétend, & qu'il veuille donner du poids à ſes raiſonnemens, qu'il ſe montre, qu'il me préſente les originaux des pieces ſur leſquelles il s'appuie, qu'il tâche de me confondre. S'il craint de paroître devant moi, qu'il dépoſe ces pieces entre les mains, non d'un Officier public, mais d'une perſonne, dont les lumieres & la probité reconnues, rendent le témoignage valable; & ſi je n'en démontre l'abus & la fauſſeté, je conſens à être traité moi-même de calomniateur public. Le but de ſon imputation étant ſans doute de m'humilier, il eſt de ſon intérêt de la fortifier au moins de l'autorité d'un homme de bien.

Qu'il me déſigne donc le juge que je lui demande, & je pars ſur le champ pour l'aller défier; 1.° De me convaincre, ainſi qu'on l'avance hardiment dans le Libelle, d'avoir jamais écrit à l'Abbé *Martin* aucune Lettre, où je lui rende compte des Nouveautés Littéraires; aucune, qui puiſſe donner à entendre qu'il ait fait un ſeul article des *Trois Siecles*; aucune, qu'il ait co-opéré à cet Ouvrage, autrement que par des conſeils & des corrections verbales; aucune enfin, qui faſſe ſoupçonner qu'il ait eu le plus petit droit ſur le produit du plus volumineux, comme du plus mince de mes écrits. 2.° De produire aucun papier ſigné ou ſeulement écrit de ma main, qui contrediſe ce que je viens de dire au ſujet de mes Lettres. 3.° De me préſenter un ſeul témoin, digne de foi, qui ait vu, avant la publication des *Trois Siecles*, un ſeul article, une ſeule phraſe de cet Ouvrage, écrite de la main de cet Abbé, ou qui m'ait vu écrire ſous ſa dictée, ou qui ait entendu cet Abbé dire, en ma préſence, qu'il ait eu d'autre part à mon travail, que de m'avoir aidé de ſes conſeils & quelquefois de ſes critiques, pour les articles concernant les Prédicateurs & les Écrivains aſcétiques. 4.° De prouver qu'aucune des Lettres dont on cite des morceaux, *pag.* 17, 18, 19 *& ſuiv.* ait été écrite audit Abbé, comme l'aſſure le Libelliſte : je dis plus, de me montrer dans toutes ces Lettres une ſeule expreſſion, un ſeul mot écrit de ma main, qui dénote que ce ſoit à un *Abbé*, ou à un *Ami*, ou même à un *Français* qu'elles ont été adreſſées.

Et moi, je prouverai inconteſtablement à la perſonne qu'on aura choiſie pour m'entendre; 1.° Que ces Lettres mutilées, défigurées & *défranciſées*, (ſi l'on peut haſarder ce mot), par la malignité la plus coupable, font partie d'une correſpondance littéraire & ſuivie que j'ai eue avec un Seigneur de la Cour de Turin; 2.° Que les citations qu'on trouve ſous les N°. 4, 5 & 6 du Libelle, ont été puiſées dans des Notes que j'avois faites pour les *Trois Siecles*, & qui m'ont ſervi ou qui étoient deſtinées à compoſer les Articles des Auteurs qui en ſont l'objet; 3°. Que les Lettres (ſans date, comme toutes les autres) dont on rapporte des morceaux, *pag.* 30, 31, 32, 37 & 45, & que je me rappelle très-bien avoir écrites, ſont un monument manifeſte de la mauvaiſe foi de l'audacieux Compilateur, puisqu'elles renferment précisément la réfutation de ce qu'il avance sans preuve; réfutation qu'il s'est bien donné de garde d'exposer aux yeux de ses Lecteurs; 4.° Enfin, qu'à l'exception de quelques billets & de trois ou quatre Lettres que j'ai écrites en ma vie à l'Abbé *Martin*, tous les papiers de mon écriture qu'on cite ou dont on parle dans le Libelle, ne sont que des brouillons informes ou des matériaux d'Ouvrage, que je dois avoir laissé égarer ou qui m'ont été méchament dérobés.

Voilà ce que j'offre de prouver à tout homme honnête, qui croira pouvoir se charger de la justification du Libelliste, & au Libelliste lui-même, s'il a le courage de m'écouter, comme j'ai celui de lui pardonner sa Brochure.

Il sait, dit-il, que j'ai des *protections*. De même que je n'ai point sollicité leur crédit pour arrêter son Libelle, il n'a pas à craindre que je le sollicite pour lui faire expier son audace. Si j'étois assez foible pour désirer d'être vengé, je n'aurois besoin que d'invoquer les Loix. Il n'est point de Tribunal qui ne condamnât, au moins à une réparation solemnelle, un homme qui, sans avoir à se plaindre de moi, n'a pas craint de violer le droit des Gens & toutes les bienséances, en publiant sous mon nom & sans ma participation, des papiers dont les trois quarts & demi ne sont ni signés, ni avoués; & qui a osé m'accuser publiquement, sans se faire connoître & sans apporter une seule preuve irréfragable, d'avoir usurpé à un de mes anciens Amis, qui ne vit plus, une propriété que cet Ami ne m'avoit point disputée de son vivant, quoique je l'eusse *publiquement défié*, plus de trois ans avant sa mort, de *soutenir* qu'il y eût le moindre droit. Je le répete, le Libelliste anonyme peut se montrer sans avoir à craindre d'autre vengeance de ma part, que d'être convaincu de son injustice & de son procédé. S'il s'obstine à demeurer caché, qu'il montre du moins les originaux dont il a fait usage; & s'il craint de s'en rapporter à la décision d'une seule personne, qu'il les remette à la Société de Théologiens & de Gens de Lettres qui se proposent de réunir leurs lumieres & leurs travaux pour la défense de la Religion; Société dont il parle, & dont j'ignore quels sont les Membres. Je consens à les prendre pour juges. Qu'ils m'entendent, qu'ils me communiquent les pieces justificatives du Libelle, & j'adopte & signe sans balancer leur jugement.

Il me seroit sans doute facile de confondre le Libelliste d'une maniere plus péremptoire, & beaucoup plus humiliante pour ses complices; mais je crois devoir épargner au Public des détails scandaleux qui tourneroient au désavantage de la Religion, dont la sainteté est néanmoins indépendante de la conduite de ses Ministres. J'aurois peut-être dû m'épargner à moi-même la honte d'être descendu jusqu'à répondre à un tel calomniateur; mais j'ai jugé qu'il étoit nécessaire de détruire, dans l'esprit de ceux qui le connoissent personnellement, les préventions que la gravité de son caractere & de son âge auroit pu inspirer en faveur de son imputation ; & dès-lors, par amour pour la vérité & par respect pour les honnêtes gens qui la cherchent de bonne-foi, je me suis abstenu de lui marquer le mépris que je lui devois.

J'ai l'honneur d'être avec une parfaite considération,

MONSIEUR,

Votre très-humble & c.
l'Abbé *SABATIER DE CASTRES.*

Lu & approuvé. A Paris, le 3 Mars 1779. RIBALLIER.

Vu l'approbation, permis d'imprimer le 4 Mars 1779.
LENOIR.

DE L'IMPRIMÉRIE DE VALADE, rue S. Jacques.

www.ingramcontent.com/pod-product-compliance
Ingram Content Group UK Ltd.
Pitfield, Milton Keynes, MK11 3LW, UK
UKHW020419220726
13923UKWH00005B/2039

9 782019 496067